Analyse d'œuvre

Rédigée par Caroline Drillon

Au Bonheur des dames

d'Émile Zola

Profil Littéraire

ÉMILE ZOLA

- Né le 2 avril 1840 à Paris.
- Mort le 29 septembre 1902 dans la même ville.
- **Quelques-unes de ses œuvres :**
  - *Thérèse Raquin* (roman, 1867)
  - *L'Assommoir* (roman, 1877)
  - *Germinal* (roman, 1885)

Émile Zola est considéré comme l'écrivain le plus emblématique du naturalisme, à juste titre puisqu'il s'est toujours efforcé d'associer rigueur scientifique et esthétisme littéraire dans chacun de ses livres. Il est principalement connu pour sa longue fresque romanesque qui se décline sur 20 volumes, les *Rougon-Macquart*. Il y raconte l'histoire d'une famille sous le Second Empire (1852-1870), à travers ses différentes générations, chaque personnage faisant l'objet d'un ouvrage.

Il est aussi un journaliste engagé, qui porte tout au long de sa vie un regard acéré sur l'histoire politique et sociale de son pays, et publie un grand nombre d'articles. Les dernières années de sa carrière sont marquées par son engagement dans l'affaire Dreyfus, qui divisa la France sous la IIIe République. La publication, en janvier 1898, de son célèbre « J'accuse... », une lettre ouverte adressée au président Félix Faure (1841-1899) dans laquelle il défend l'honneur du militaire injustement condamné, lui vaudra un procès pour diffamation et le contraindra à l'exil pendant quelques mois en Angleterre.

Émile Zola est l'un des romanciers français les plus connus et les plus populaires à travers le monde. Son œuvre, qui continue de faire l'objet de nombreuses études et à séduire de nouveaux lecteurs, est considérée comme le fleuron de la littérature du XIXe siècle.

AU BONHEUR DES DAMES

- **Genre :** roman.
- **1re édition :** la première édition d'*Au Bonheur des dames* sort en librairie entre le 17 décembre 1882 et le 1er mars 1883. Elle est publiée aux éditions G. Charpentier & E. Fasquelle.
- **Édition de référence :** *Au Bonheur des dames*, Paris, Le Livre de Poche, 1968, 504 p.
- **Personnages principaux :**
  - Octave Mouret, propriétaire du magasin *Au Bonheur des dames*, amoureux de Denise.
  - Denise Baudu, vendeuse, puis seconde au rayon confection, et enfin première du rayon des costumes pour enfants, amoureuse d'Octave Mouret.
  - Bourdoncle, adjoint d'Octave Mouret.
  - M. et Mme Baudu, propriétaires du *Vieil Elbeuf*, oncle et tante de Denise.
  - Geneviève Baudu, fille des précédents, cousine de Denise.
  - Le père Bourras, petit commerçant, artisan spécialisé dans la confection de parapluies.
  - Pauline Cugnot, vendeuse au rayon lingerie du *Bonheur des dames*, amie de Denise.
- **Thématiques principales :** l'apparition des grands magasins, l'amour, l'ascension sociale, l'argent et les femmes.

Au Bonheur des dames raconte l'ascension sociale d'une jeune femme, qui séduit son directeur et finit par l'épouser. L'intrigue du récit prend place dans un grand magasin, réplique parfaite de ces vastes bazars qui naissent à Paris dans la seconde moitié du

XIXe siècle. L'architecture et l'organisation du lieu sont si fidèlement restituées que le *Bonheur des dames* devient le personnage central du roman.

L'une des particularités de ce livre, et la critique ne s'y trompe pas lors de sa sortie, est qu'il est l'un des rares romans résolument optimistes d'Émile Zola.

LA VIE D'ÉMILE ZOLA

| Portrait d'Émile Zola par Nadar.

UNE JEUNESSE ENTRE PARIS ET AIX-EN-PROVENCE

Émile Édouard Charles Antoine Zola naît à Paris, le 2 avril 1840. Il est le fils unique de François Zola, un ingénieur italien spécialisé dans les travaux publics, et d'Émilie Aubert, native de la commune de Dourdan, dans le département de l'Essonne.

À l'âge de 3 ans, le jeune Émile quitte Paris pour s'installer avec ses parents dans le Sud de la France. Son père doit y superviser la construction d'un barrage qui permettra d'alimenter en eau la ville d'Aix-en-Provence. L'ancienne capitale provençale abrite les premiers apprentissages de l'écrivain ; son premier vrai chagrin aussi : il n'a que 7 ans lorsque son père décède d'une pneumonie, contractée sur son chantier. La mort de François Zola plonge sa veuve et son fils dans une grande misère. Émile poursuit malgré tout ses études dans la cité aixoise, et c'est au collège Bourbon qu'il rencontre celui qui deviendra son ami le plus cher, le futur peintre Paul Cézanne (1839-1906).

En 1858, Zola retourne vivre à Paris avec sa mère. Sans argent, sans appui et sans diplôme – il a échoué au baccalauréat –, il vit d'expédients avant de réussir à intégrer la librairie Hachette, en 1862. Son intelligence y fait merveille puisque, de simple commis, il devient en moins de quatre ans le chef du service publicité. Plus important, il apprend entre les murs de l'institution l'art et les multiples manières de concevoir, puis de commercialiser un ouvrage. Il ne tardera pas à mettre en pratique ce savoir empirique : en 1864, il publie son premier livre, *Les Contes à Ninon*. L'année suivante paraît un roman, *La Confession de Claude*, dont la trame lui a été inspirée par son aventure avec une jeune prostituée. Mais le souvenir de cet amour malheureux s'estompe rapidement grâce à la rencontre qui bouleverse sa vie, celle de Gabrielle-Alexandrine Meley (1839-1925), qu'il épousera quelques années plus tard. Elle restera sa femme tout au long de sa vie, sa meilleure amie et probablement sa plus fidèle lectrice.

UNE VOCATION AFFIRMÉE

La littérature fait partie de la vie de Zola, depuis toujours. Lecteur passionné, il a exploré les œuvres des auteurs classiques, Montaigne (1533-1592), Shakespeare (1564-1616) et Molière (1622-1673), mais aussi celles d'écrivains plus contemporains, comme Jules Michelet (1798-1874) dont il apprécie la rigueur scientifique. De la lecture à l'écriture, il n'y a qu'un pas que, plus que tout, il souhaite franchir. Pour atteindre son but, il ne cesse de faire courir sa plume sur le papier, s'essaie aux différents genres littéraires, rédige des textes en prose et en vers, imagine des contes de fées, lorgne vers le théâtre et, mettant à profit le formidable essor de la presse française en cette seconde moitié du XIXe siècle, devient journaliste. Dès 1863, il collabore épisodiquement, puis régulièrement, à diverses publications.

Le 31 janvier 1866, Émile Zola franchit le Rubicon : il démissionne de son poste chez Hachette pour vivre désormais des seuls revenus assurés par la vente de ses écrits. L'année suivante, il publie son troisième ouvrage, *Thérèse Raquin*, qui, dès sa sortie, défraie toutes les chroniques littéraires et suscite la fureur des critiques. La peinture très réaliste de la déchéance d'une femme, dominée par ses désirs et ses instincts, heurte la sensibilité des journalistes qui parlent de « pornographie ». Mais le roman se vend, la vigueur et la verdeur de son style séduisant les lecteurs. Au-delà d'une notoriété ambiguë, Zola y gagne le statut incontesté d'écrivain.

L'ŒUVRE D'UNE VIE : *LES ROUGON-MACQUART*

Attaqué de toutes parts lors de la parution de *Thérèse Raquin*, Zola se voit dans l'obligation de définir le thème sous-jacent qui guide sa plume et qui apparaîtra en filigrane dans chacune de ses œuvres. Il fait l'apologie du naturalisme, ce courant littéraire qui vient de naître et qui s'inscrit dans la continuité du réalisme. Ce dernier s'emploie à décrire, de la manière la plus précise possible, la réalité sous toutes ses facettes, fussent-elles immorales ou vulgaires. Le naturalisme emprunte un chemin identique, en y ajoutant un paramètre scientifique et humaniste : le concept du milieu, qui devient un facteur déterminant et qui conditionne l'être humain, façonne son comportement, décide de sa vie et de son destin. C'est autour de ce postulat littéraire qu'Émile Zola échafaude la trame complète d'une aventure romanesque, qu'il compte développer sur 20 volumes. Le cycle des *Rougon-Macquart*, sous-titré « Histoire naturelle et sociale d'une famille sous le Second Empire », se raconte au fil des générations, chaque personnage de cette généalogie fictive faisant l'objet d'un livre. Ce projet titanesque occupera l'écrivain pendant 22 ans. Le premier tome, *La Fortune des Rougon*, paraît en 1871. La série s'achève en 1893 avec *Le Docteur Pascal*.

Dans l'intervalle, Émile Zola est devenu un auteur célèbre. Il a aussi fait un sort à l'impécuniosité chronique qui le poursuivait : désormais, il gagne fort bien sa vie, ses droits d'auteur lui assurant une rente annuelle de près de 150 000 francs. Il a acheté une maison de campagne, à Médan, où il se plaît à recevoir de jeunes écrivains prometteurs.

« J'ACCUSE... »

De son passé de journaliste, Zola a conservé une curiosité sans faille, le goût de l'observation et la volonté de s'engager dans les causes qui lui paraissent justes. En 1894, un militaire français, Alfred Dreyfus (1859-1935), est accusé d'avoir livré des documents secrets à l'Allemagne. Malgré l'absence de preuves, il est jugé coupable et déporté en Guyane.

En cette fin de XIXe siècle, alors que se dessinent les prémices de la montée de l'antisémitisme, l'affaire Dreyfus connaît un retentissement inattendu. Elle divisera l'opinion française pendant 12 ans, créant un clivage entre les dreyfusards, convaincus de l'innocence du capitaine, et les antidreyfusards. Émile Zola fait partie des premiers. Le 13 janvier 1898, il publie dans le journal *L'Aurore* une lettre ouverte au président Félix Faure. « J'accuse... » dénonce les lacunes du procès. La portée de cet article est considérable : l'écrivain est condamné pour diffamation, et se voit contraint de s'exiler à Londres pour échapper à la prison. Mais grâce à lui, la Cour de cassation renverra le capitaine Dreyfus devant le Conseil de guerre. En 1904, il sera innocenté et réintégré dans l'armée.

Deuxième Année. — Numéro 87

Cinq Centimes

JEUDI 13 JANVIER 1898

Directeur
ERNEST VAUGHAN
ABONNEMENTS
Paris 20 10 5
Départements et Algérie 24 12 6
Étranger (Union postale) 35 18 10

POUR LA RÉDACTION
S'adresser à M. A. BERTHIER
Secrétaire de la Rédaction
Adresse télégraphique : AURORE-PARIS

L'AURORE

Littéraire, Artistique, Sociale

Directeur
ERNEST VAUGHAN
LES ANNONCES SONT REÇUES :
142 — Rue Montmartre — 142
AUX BUREAUX DU JOURNAL
Les manuscrits non insérés ne sont pas rendus
Adresser lettres et mandats à M. A. BOUIT, Administrateur
Téléphone : 102-88

J'Accuse...!

LETTRE AU PRÉSIDENT DE LA RÉPUBLIQUE

Par ÉMILE ZOLA

LETTRE
A M. FÉLIX FAURE
Président de la République

Monsieur le Président,

Me permettez-vous, dans ma gratitude pour le bienveillant accueil que vous m'avez fait un jour, d'avoir le souci de votre juste gloire et de vous dire que votre étoile, si heureuse jusqu'ici, est menacée de la plus honteuse, de la plus ineffaçable des taches ?

Vous êtes sorti sain et sauf des basses calomnies, vous avez conquis les cœurs. Vous apparaissez rayonnant dans l'apothéose de cette fête patriotique que l'alliance russe a été pour la France, et vous vous préparez à présider au solennel triomphe de notre Exposition universelle, qui couronnera notre grand siècle de travail, de vérité et de liberté. Mais quelle tache de boue sur votre nom — j'allais dire sur votre règne — que cette abominable affaire Dreyfus ! Un conseil de guerre vient, par ordre, d'oser acquitter un Esterhazy, soufflet suprême à toute vérité, à toute justice. Et c'est fini, la France a sur la joue cette souillure, l'histoire écrira que c'est sous votre présidence qu'un tel crime social a pu être commis.

Puisqu'ils ont osé, j'oserai aussi, moi. La vérité, je la dirai, car j'ai promis de la dire, si la justice, régulièrement saisie, ne la faisait pas, pleine et entière. Mon devoir est de parler, je ne veux pas être complice. Mes nuits seraient hantées par le spectre de l'innocent qui expie là-bas, dans la plus affreuse des tortures, un crime qu'il n'a pas commis.

Et c'est à vous, monsieur le Président, que je la crierai, cette vérité, de toute la force de ma révolte d'honnête homme. Pour votre honneur, je suis convaincu que vous l'ignorez. Et à qui donc dénoncerai-je la tourbe malfaisante des vrais coupables, si ce n'est à vous, le premier magistrat du pays ?

***

La vérité d'abord sur le procès et sur la condamnation de Dreyfus.

Un homme néfaste a tout mené, a tout fait, c'est le colonel du Paty de Clam, alors simple commandant. Il est l'affaire Dreyfus tout entière, on ne la connaîtra que lorsqu'une enquête loyale aura établi nettement ses actes et ses responsabilités. Il apparaît comme l'esprit le plus fumeux, le plus compliqué, hanté d'intrigues romanesques, se complaisant aux moyens des romans-feuilletons, les papiers volés, les lettres anonymes, les rendez-vous dans les endroits déserts, les femmes mystérieuses qui colportent, de nuit, des preuves accablantes. C'est lui qui imagina de dicter le bordereau à Dreyfus ; c'est lui qui rêva de l'étudier dans une pièce entièrement revêtue de glaces ; c'est lui que le commandant Forzinetti nous représente armé d'une lanterne sourde, voulant se faire introduire près de l'accusé endormi, pour projeter sur son visage un brusque flot de lumière et surprendre ainsi son crime, dans l'émoi du réveil. Et je n'ai pas à tout dire, qu'on cherche, on trouvera. Je déclare simplement que le commandant du Paty de Clam, chargé d'instruire l'affaire Dreyfus, comme officier judiciaire, est, dans l'ordre des dates et des responsabilités, le premier coupable de l'effroyable erreur judiciaire qui a été commise.

Le bordereau était depuis quelque temps déjà entre les mains du colonel Sandherr, directeur du bureau des renseignements, mort depuis de paralysie générale. Des « fuites » avaient lieu, des papiers disparaissaient, comme il en disparaît aujourd'hui encore ; et l'auteur du bordereau était recherché, lorsqu'un *a priori* se fit peu à peu que cet auteur ne pouvait être qu'un officier de l'état-major, et un officier d'artillerie : double erreur manifeste, qui montre avec quel esprit superficiel on avait étudié ce bordereau, car un examen raisonné démontre qu'il ne pouvait s'agir que d'un officier de troupe. On cherchait donc dans la maison, on examinait les écritures, c'était comme une affaire de famille, un traître à surprendre dans les bureaux mêmes, pour l'en expulser. Et, sans que je veuille refaire ici une histoire connue en partie, le commandant du Paty de Clam entre en scène, dès qu'un premier soupçon tombe sur Dreyfus. A partir de ce moment, c'est lui qui a inventé Dreyfus, l'affaire devient son affaire, il se fait fort de confondre le traître, de l'amener à des aveux complets. Il y a bien le ministre de la guerre, le général Mercier, dont l'intelligence semble médiocre ; il y a bien le chef de l'état-major, le général de Boisdeffre, qui paraît avoir cédé à sa passion cléricale, et le sous-chef de l'état-major, le général Gonse, dont la conscience a pu s'accommoder de beaucoup de choses. Mais, au fond, il n'y a d'abord que le commandant du Paty de Clam, qui les mène tous, qui les hypnotise, car il s'occupe aussi de spiritisme, d'occultisme, il converse avec les esprits. On ne croira jamais les expériences auxquelles il a soumis le malheureux Dreyfus, les pièges dans lesquels il a voulu le faire tomber, les enquêtes folles, les imaginations monstrueuses, toute une démence torturante.

Ah ! cette première affaire, elle est un cauchemar, pour qui la connaît dans ses détails vrais ! Le commandant du Paty de Clam arrête Dreyfus, le met au secret. Il court chez madame Dreyfus, la terrorise, lui dit que, si elle parle, son mari est perdu. Pendant ce temps, le malheureux s'arrachait la chair, hurlait son innocence. Et l'instruction a été faite ainsi, comme dans une chronique du quinzième siècle, au milieu du mystère, avec une complication d'expédients farouches, tout cela basé sur une seule charge enfantine, ce bordereau imbécile, qui n'était pas seulement une trahison vulgaire, qui était aussi la plus impudente des escroqueries, car les fameux secrets livrés se trouvaient presque tous sans valeur. Si j'insiste, c'est que l'œuf est ici, d'où va sortir plus tard le vrai crime, l'épouvantable déni de justice dont la France est malade. Je voudrais faire toucher du doigt comment l'erreur judiciaire a pu être possible, comment elle est née des machinations du commandant du Paty de Clam, comment le général Mercier, les généraux de Boisdeffre et Gonse ont pu s'y laisser prendre, engager peu à peu leur responsabilité dans cette erreur, qu'ils ont cru devoir, plus tard, imposer comme la vérité sainte, une vérité qui ne se discute même pas. Au début, il n'y a donc de leur part que de l'incurie et de l'inintelligence. Tout au plus, les sent-on céder aux passions religieuses du milieu et aux préjugés de l'esprit de corps. Ils ont laissé faire la sottise.

Mais voici Dreyfus devant le conseil de guerre. Le huis clos le plus absolu est exigé. Un traître aurait ouvert la frontière à l'ennemi, pour conduire l'empereur allemand jusqu'à Notre-Dame, qu'on ne prendrait pas des mesures de silence et de mystère plus étroites. La nation est frappée de stupeur, on chuchote des faits terribles, de ces trahisons monstrueuses qui indignent l'Histoire, et naturellement la nation s'incline. Il n'y a pas de châtiment assez sévère, elle applaudira à la dégradation publique, elle voudra que le coupable reste sur son rocher d'infamie, dévoré par le remords. Est-ce donc vrai, les choses indicibles, les choses dangereuses, capables de mettre l'Europe en flammes, qu'on a dû enterrer soigneusement derrière ce huis clos ? Non ! il n'y a eu, derrière, que les imaginations romanesques et démentes du commandant du Paty de Clam. Tout cela n'a été fait que pour cacher le plus saugrenu des romans-feuilletons. Et il suffit, pour s'en assurer, d'étudier attentivement l'acte d'accusation lu devant le conseil de guerre.

Ah ! le néant de cet acte d'accusation ! Qu'un homme ait pu être condamné sur cet acte, c'est un prodige d'iniquité. Je défie les honnêtes gens de le lire, sans que leur cœur bondisse d'indignation et crie leur révolte, en pensant à l'expiation démesurée, là-bas, à l'île du Diable. Dreyfus sait plusieurs langues, crime ; on n'a trouvé chez lui aucun papier compromettant, crime ; il va parfois dans son pays d'origine, crime ; il est laborieux, il a le souci de tout savoir, crime ; il ne se trouble pas, crime ; il se trouble, crime. Et les naïvetés de rédaction, les formelles assertions dans le vide ! On nous avait parlé de quatorze chefs d'accusation : nous n'en trouvons qu'une seule en fin de compte, celle du bordereau ; et nous apprenons même que les experts n'étaient pas d'accord, qu'un d'eux, M. Gobert, a été bousculé militairement, parce qu'il se permettait de ne pas conclure dans le sens désiré. On parlait aussi de vingt-trois officiers qui étaient venus accabler Dreyfus de leurs témoignages. Nous ignorons encore leurs interrogatoires, mais il est certain que tous ne l'avaient pas chargé ; et il est à remarquer, en outre, que tous appartenaient aux bureaux de la guerre. C'est un procès de famille, on est là entre soi, et il faut s'en souvenir : l'état-major a voulu le procès, l'a jugé, et il vient de le juger une seconde fois.

Donc, il ne restait que le bordereau, sur lequel les experts ne s'étaient pas entendus. On raconte que, dans la chambre du conseil, les juges allaient naturellement acquitter. Et, dès lors, comme l'on comprend l'obstination désespérée avec laquelle, pour justifier la condamnation, on affirme aujourd'hui l'existence d'une pièce secrète, accablante, la pièce qu'on ne peut montrer, qui légitime tout, devant laquelle nous devons nous incliner, le bon dieu invisible et inconnaissable. Je la nie, cette pièce, je la nie de toute ma puissance ! Une pièce ridicule, oui, peut-être la pièce où il est question de petites femmes, et où il est parlé d'un certain D... qui devient trop exigeant, quelque mari sans doute trouvant qu'on ne lui payait pas sa femme assez cher. Mais une pièce intéressant la défense nationale, qu'on ne saurait produire sans que la guerre fût déclarée demain, non, non ! C'est un mensonge ; et cela est d'autant plus odieux et cynique qu'ils mentent impunément sans qu'on puisse les en convaincre. Ils ameutent la France, ils se cachent derrière sa légitime émotion, ils ferment les bouches en troublant les cœurs, en pervertissant les esprits. Je ne connais pas de plus grand crime civique.

Voilà donc, monsieur le Président, les faits qui expliquent comment une erreur judiciaire a pu être commise ; et les preuves morales, la situation de fortune de Dreyfus, l'absence de motifs, son continuel cri d'innocence, achèvent de le montrer comme une victime des extraordinaires imaginations du commandant du Paty de Clam, du milieu clérical où il se trouvait, de la chasse aux « sales juifs », qui déshonore notre époque.

***

Et nous arrivons à l'affaire Esterhazy. Trois ans se sont passés, beaucoup de consciences restent troublées profondément, s'inquiètent, cherchent, finissent par se convaincre de l'innocence de Dreyfus.

Je ne ferai pas l'historique des doutes, puis de la conviction de M. Scheurer-Kestner. Mais, pendant qu'il fouillait de son côté, il se passait des faits graves à l'état-major même. Le colonel Sandherr était mort, et le lieutenant-colonel Picquart lui avait succédé comme chef du bureau des renseignements. Et c'est à ce titre, dans l'exercice de ses fonctions, que ce dernier eut un jour entre les mains une lettre-télégramme, adressée au commandant Esterhazy, par un agent d'une puissance étrangère. Son devoir strict était d'ouvrir une enquête. La certitude est qu'il n'a jamais agi en dehors de la volonté de ses supérieurs. Il soumit donc ses soupçons à ses supérieurs hiérarchiques, le général Gonse, puis le général de Boisdeffre, puis le général Billot, qui avait succédé au général Mercier comme ministre de la guerre. Le fameux dossier Picquart, dont il a été tant parlé, n'a jamais été que le dossier Billot, j'entends le dossier fait par un subordonné pour son ministre, le dossier qui doit exister encore au ministère de la guerre. Les recherches durèrent de mai à septembre 1896, et ce qu'il faut affirmer bien haut, c'est que le général Gonse était convaincu de la culpabilité d'Esterhazy, c'est que le général de Boisdeffre et le général Billot ne mettaient pas en doute que le fameux bordereau fût de l'écriture d'Esterhazy. L'enquête du lieutenant-colonel Picquart avait abouti à cette constatation certaine. Mais l'émoi était grand, car la condamnation d'Esterhazy entraînait inévitablement la révision du procès Dreyfus ; et c'était ce que l'état-major ne voulait à aucun prix.

Il dut y avoir là une minute psychologique pleine d'angoisse. Remarquez que le général Billot n'était compromis dans rien, il arrivait tout frais, il pouvait faire la vérité. Il n'osa pas, dans la terreur sans doute de l'opinion publique, certainement aussi dans la crainte de livrer tout l'état-major, le général de Boisdeffre, le général Gonse, sans compter les sous-ordres. Puis, ce ne fut là qu'une minute de combat entre sa conscience et ce qu'il croyait être l'intérêt militaire. Quand cette minute fut passée, il était déjà trop tard. Il s'était engagé, il était compromis. Et, depuis lors, sa responsabilité n'a fait que grandir, il a pris à sa charge le crime des autres, il est aussi coupable que les autres, il est plus coupable qu'eux, car il a été le maître de faire justice, et il n'a rien fait. Comprenez-vous cela ! voici un an que le général Billot, que les généraux de Boisdeffre et Gonse savent que Dreyfus est innocent, et ils ont gardé pour eux cette effroyable chose. Et ces gens-là dorment, et ils ont des femmes et des enfants qu'ils aiment !

Le colonel Picquart avait rempli son devoir d'honnête homme. Il insistait auprès de ses supérieurs, au nom de la justice. Il les suppliait même, il leur disait combien leurs délais étaient impolitiques devant le terrible orage qui s'amoncelait, qui devait éclater, lorsque la vérité serait connue. Ce fut, plus tard, le langage que M. Scheurer-Kestner tint également au général Billot, l'adjurant par patriotisme de prendre en main l'affaire, de ne pas la laisser s'aggraver, au point de devenir un désastre public. Non ! le crime était commis, l'état-major ne pouvait plus avouer son crime. Et le lieutenant-colonel Picquart fut envoyé en mission, on l'éloigna de plus loin en plus loin, jusqu'en Tunisie, où l'on voulut même un jour honorer sa bravoure, en le chargeant d'une mission qui l'aurait fait sûrement massacrer, dans les parages où le marquis de Morès a trouvé la mort. Il n'était pas en disgrâce, le général Gonse entretenait avec lui une correspondance amicale. Seulement, il est des secrets qu'il ne fait pas bon d'avoir surpris.

A Paris, la vérité marchait, irrésistible, et l'on sait de quelle façon l'orage attendu éclata. M. Mathieu Dreyfus dénonça le commandant Esterhazy comme le véritable auteur du bordereau, au moment où M. Scheurer-Kestner allait déposer, entre les mains du garde des sceaux, une demande en révision du procès. Et c'est ici que le commandant Esterhazy paraît. Des témoignages le montrent d'abord affolé, prêt au suicide ou à la fuite. Puis, tout d'un coup, il paye d'audace, il étonne Paris par la violence de son attitude. C'est que du secours lui était venu, il avait reçu une lettre anonyme l'avertissant des menées de ses ennemis, une dame mystérieuse s'était même dérangée de nuit pour lui remettre une pièce volée à l'état-major, qui devait le sauver. Et je ne puis m'empêcher de retrouver là le lieutenant-colonel du Paty de Clam, en reconnaissant les expédients de son imagination fertile. Son œuvre, la culpabilité de Dreyfus, était en péril, et il a voulu sûrement défendre son œuvre. La révision du procès, mais c'était l'écroulement du roman-feuilleton si extravagant, si tragique, dont le dénouement abominable a lieu à l'île du Diable ! C'est ce qu'il ne pouvait permettre. Dès lors, le duel va avoir lieu entre le lieutenant-colonel Picquart et le lieutenant-colonel du Paty de Clam, l'un le visage découvert, l'autre masqué. On les retrouvera prochainement tous deux devant la justice civile. Au fond, c'est toujours l'état-major qui se défend, qui ne veut pas avouer son crime, dont l'abomination grandit d'heure en heure.

On s'est demandé avec stupeur quels étaient les protecteurs du commandant Esterhazy. C'est d'abord, dans l'ombre, le lieutenant-colonel du Paty de Clam qui a tout machiné, qui a tout conduit. Sa main se trahit aux moyens saugrenus. Puis, c'est le général de Boisdeffre, c'est le général Gonse, c'est le général Billot lui-même, qui sont bien obligés de faire acquitter le commandant, puisqu'ils ne peuvent laisser reconnaître l'innocence de Dreyfus, sans que les bureaux de la guerre croulent sous le mépris public. Et le beau résultat de cette situation prodigieuse, c'est que l'honnête homme là-dedans, le lieutenant-colonel Picquart, qui seul a fait son devoir, va être la victime, celui qu'on bafouera et qu'on punira. O justice, quelle affreuse désespérance serre le cœur ! On va jusqu'à dire que c'est lui le faussaire, qu'il a fabriqué la carte-télégramme pour perdre Esterhazy. Mais, grand Dieu ! pourquoi ? dans quel but ? Donnez un motif. Est-ce que celui-là aussi est payé par les juifs ? Le joli de l'histoire est qu'il était justement antisémite. Oui ! nous assistons à ce spectacle infâme, des hommes perdus de dettes et de crimes dont on proclame l'innocence, tandis qu'on frappe l'honneur même, un homme à la vie sans tache ! Quand une société en est là, elle tombe en décomposition.

Voilà donc, monsieur le Président, l'affaire Esterhazy : un coupable qu'il s'agissait d'innocenter. Depuis bientôt deux mois, nous pouvons suivre heure par heure la belle besogne. J'abrège, car ce n'est ici, en gros, que le résumé de l'histoire dont les brûlantes pages seront un jour écrites tout au long. Et nous avons donc vu le général de Pellieux, puis le commandant Ravary, conduire une enquête scélérate d'où les coquins sortent transfigurés et les honnêtes gens salis. Puis, on a convoqué le conseil de guerre.

***

Comment a-t-on pu espérer qu'un conseil de guerre déferait ce qu'un conseil de guerre avait fait ?

Je ne parle même pas du choix toujours possible des juges. L'idée supérieure de discipline, qui est dans le sang de ces soldats, ne suffit-elle à infirmer leur pouvoir même d'équité ? Qui dit discipline dit obéissance. Lorsque le ministre de la guerre, le grand chef, a établi publiquement, aux acclamations de la représentation nationale, l'autorité absolue de la chose jugée, vous voulez qu'un conseil de guerre lui donne un formel démenti ? Hiérarchiquement, cela est impossible. Le général Billot a suggestionné les juges par sa déclaration, et ils ont jugé comme ils doivent aller au feu, sans raisonner. L'opinion préconçue qu'ils ont apportée sur leur siège est évidemment celle-ci : « Dreyfus a été condamné pour crime de trahison par un conseil de guerre ; il est donc coupable, et nous, conseil de guerre, nous ne pouvons le déclarer innocent ; or nous savons que reconnaître la culpabilité d'Esterhazy, ce serait proclamer l'innocence de Dreyfus. » Rien ne pouvait les faire sortir de là.

Ils ont rendu une sentence inique qui à jamais pèsera sur nos conseils de guerre, qui entachera désormais de suspicion tous leurs arrêts. Le premier conseil de guerre a pu être inintelligent, le second est forcément criminel. Son excuse, je le répète, est que le chef suprême avait parlé, déclarant la chose jugée inattaquable, sainte et supérieure aux hommes, de sorte que des inférieurs ne pouvaient dire le contraire. On nous parle de l'honneur de l'armée, on veut que nous l'aimions, que nous la respections. Ah ! certes, oui, l'armée qui se lèverait à la première menace, qui défendrait la terre française, elle est tout le peuple et nous n'avons pour elle que tendresse et respect. Mais il ne s'agit pas d'elle, dont nous voulons justement la dignité, dans notre besoin de justice. Il s'agit du sabre, le maître qu'on nous donnera demain peut-être. Et baiser dévotement la poignée du sabre, le dieu, non !

Je l'ai démontré d'autre part : l'affaire Dreyfus était l'affaire des bureaux de la guerre, un officier de l'état-major, dénoncé par ses camarades de l'état-major, condamné sous la pression des chefs de l'état-major. Encore une fois, il ne peut revenir innocent, sans que tout l'état-major soit coupable. Aussi les bureaux, par tous les moyens imaginables, par des campagnes de presse, par des communications, par des influences, n'ont-ils couvert Esterhazy que pour perdre une seconde fois Dreyfus. Ah ! quel coup de balai le gouvernement républicain devrait donner dans cette jésuitière, ainsi que les appelle le général Billot lui-même ! Où est-il, le ministère vraiment fort et d'un patriotisme sage, qui osera tout y refondre et tout y renouveler ? Que de gens je connais qui, devant une guerre possible, tremblent d'angoisse, en sachant dans quelles mains est la défense nationale ! et quel nid de basses intrigues, de commérages et de dilapidations, est devenu cet asile sacré, où se décide le sort de la patrie ! On s'épouvante devant le jour terrible que vient d'y jeter l'affaire Dreyfus, ce sacrifice humain d'un malheureux, d'un « sale juif » ! Ah ! tout ce qui s'est agité là de démence et de sottise, des imaginations folles, des pratiques de basse police, des mœurs d'inquisition et de tyrannie, le bon plaisir de quelques galonnés mettant leurs bottes sur la nation, lui rentrant dans la gorge son cri de vérité et de justice, sous le prétexte menteur et sacrilège de la raison d'Etat !

Et c'est un crime encore que de s'être appuyé sur la presse immonde, que de s'être laissé défendre par toute la fripouille de Paris, de sorte que voilà la fripouille qui triomphe insolemment,

| La lettre d'Émile Zola publiée dans *L'Aurore*.

Émile Zola, hélas, ne connaîtra jamais la fin heureuse de son engagement. Le 29 septembre 1902, il meurt, asphyxié par les émanations de gaz carbonique dégagées par sa cheminée, dans son appartement parisien. Son éloge funèbre, prononcé le 5 octobre par Anatole France (1844-1924), se termine sur ces phrases :

> « Envions-le : il a honoré sa patrie et le monde par une œuvre immense et par un grand acte. Envions-le, sa destinée et son cœur lui firent le sort le plus grand : il fut un moment de la conscience humaine. »

RÉSUMÉ D'*AU BONHEUR DES DAMES*

L'ARRIVÉE DE DENISE À PARIS

À l'angle de la rue de la Michodière et de la rue Neuve-Saint-Augustin, une jeune femme blonde s'est arrêtée. Elle cherche son chemin. Denise Baudu vient d'arriver à Paris, accompagnée de ses deux frères, Jean et Pépé, âgés de 16 et 5 ans. Orpheline, elle a quitté sa Normandie natale et espère trouver un emploi au *Vieil Elbeuf*, un commerce de textiles dont son oncle est propriétaire. Ne lui avait-il pas promis, au décès de son père, qu'il y aurait toujours une place pour elle, dans sa boutique ? Hélas, ses espoirs sont rapidement déçus : le *Vieil Elbeuf* périclite depuis qu'un grand magasin a ouvert ses portes juste en face de sa devanture.

Baptisé *Au Bonheur des dames*, le magasin jouit d'une réputation qui va grandissant, au même rythme que sa superficie. Son directeur s'appelle Octave Mouret, « un homme à idées, un brouillon dangereux qui bouleversera le quartier si on le laisse faire », explique l'oncle Baudu à sa nièce (p. 28). Mouret ne cesse en effet d'agrandir cet espace qui lui a été confié par feu son épouse. Il y propose un vaste assortiment de marchandises, d'étoffes et de draperies, de lingeries et de fourrures, des gants et des parapluies aussi ; le tout à des prix fort compétitifs. Son ambition inquiète ses voisins, tous petits commerçants, qui voient leurs revenus diminuer. Mais si l'oncle Baudu vitupère contre ce géant, puisque sa nièce doit gagner sa vie, il n'ose la décourager de tenter sa chance chez son concurrent et de se présenter, dès le lendemain, au rayon des confections afin de se faire embaucher.

DES DÉBUTS DIFFICILES

Au *Bonheur des dames*, les débuts de Denise sont difficiles. Sa mise modeste, sa coiffure peu élaborée suscitent les railleries de ses collègues, tandis que son manque d'expérience ne plaide guère en sa faveur. Elle bénéficie pourtant de l'appui d'Octave Mouret, qui a remarqué cette jeune femme discrète. Mal nourrie, mal payée, Denise consacre ses rares moments de loisir à ses frères. De temps à autre, elle traverse la place pour se rendre chez son oncle où, dans une atmosphère de plus en plus délétère, la famille Baudu lutte contre une ruine annoncée. Jour après jour, le grand magasin leur vole leurs derniers clients. L'oncle ne décolère guère ; à ses côtés, sa femme tente de se résigner. Quant à leur fille Geneviève, elle attend une improbable embellie financière pour épouser Colomban, le commis du magasin, auquel elle est promise depuis longtemps. Denise n'ose lui avouer que son fiancé s'est entiché d'une autre femme, l'une des vendeuses de son rayon, et dont il guette la moindre apparition.

La seule amie de Denise s'appelle Pauline. Elle travaille au comptoir voisin, celui de la lingerie. C'est à elle que la jeune femme confie parfois ses peines et ses soucis. Mais elle refuse de suivre son conseil et de prendre un amant. Les hommes ne l'intéressent guère : le seul qui l'émeut réellement est Octave Mouret. Elle aime le croiser dans le magasin, échanger quelques mots avec lui. À un moment, Denise croit s'éprendre de Hutin, qui travaille à l'étage inférieur comme premier vendeur, avant de découvrir sa vraie nature d'hypocrite et de viveur. Par ailleurs, un commis, Deloche, lui avoue son amour ; elle repousse toutefois ses timides avances. Elle fuit aussi les propositions peu honnêtes que lui fait Jouve, l'un des inspecteurs du magasin. Mais, cette fois, elle paie cher la défense de sa vertu, car Jouve se venge bassement en salissant sa réputation. Pour tenter de gagner plus d'argent, Denise a accepté un travail d'appoint. Le soir, dans la petite chambre qui a été mise à sa disposition à l'étage du magasin, elle confectionne des nœuds de cravate pour le compte d'une entreprise annexe. Cette pratique n'est hélas pas tolérée au *Bonheur des dames*, et lorsque Jouve la dénonce, Denise est licenciée.

C'est la fin de son rêve et le début d'une existence misérable où seule la charité de Bourras, un petit commerçant du quartier, l'empêche de mourir de faim. Denise réussit alors à se placer comme vendeuse chez Robineau. Cet ancien vendeur du *Bonheur des dames* a ouvert un magasin à son tour. Il compte rivaliser avec Octave Mouret et s'emparer du marché de la faille de soie. Mais il ne peut lutter contre les prix pratiqués par son concurrent et fait faillite.

Pour Denise, la perte de son emploi signifie le retour à la pauvreté. Elle en est sauvée par sa rencontre fortuite avec Octave Mouret au jardin des Tuileries. Ils cheminent de concert dans les allées, échangent nouvelles et conseils. Octave s'étonne de la pertinence des réflexions émises par son interlocutrice, qui semble se passionner pour l'évolution du commerce et partage son amour des grands magasins. La promenade terminée, ils se séparent à regret. Mais pas avant qu'Octave n'ait invité la jeune femme à revenir travailler à ses côtés.

LE TRIOMPHE DE LA VERTU

Désormais, leur complicité est flagrante. Il n'échappe à personne que le patron et sa vendeuse partagent un intérêt commun. Ses collègues traitent dès lors Denise avec davantage de respect. De son côté, cette dernière prend de l'assurance. Appuyée par Mouret, qui commence à réaliser le sentiment profond que cette jeune femme blonde lui inspire, elle gravit les échelons, accepte une promotion, mais refuse le dîner que lui propose son patron. L'honnêteté et la vertu sont deux valeurs si profondément ancrées en elle qu'elle ne peut les sacrifier. Elle aussi a compris qu'elle aimait Octave Mouret, mais elle se refuse à devenir sa maîtresse.

Ce refus enrage Mouret. Denise s'est imposée dans sa vie et il ne peut s'empêcher de veiller sur elle. Il la protège de ses détracteurs, la défend contre ceux qui tentent de la discréditer. Elle occupe tellement ses pensées que même ses succès commerciaux ne l'intéressent plus. Il lui imagine des amants, s'épuise en crises de jalousie. Il recherche son amour autant que son amitié, et la nomme première au rayon des costumes pour enfants. Il a avec elle de longues conversations, où elle plaide le sort des employés.

L'expansion continuelle du *Bonheur des dames* signe la mort des petits commerces qui l'entourent. Les boutiques ferment leurs portes, avant d'être détruites pour libérer l'espace nécessaire à l'expansion architecturale du vaisseau commercial.

Le père Bourras devant son magasin, illustration issue des œuvres complètes de Zola publiées chez Fasquelle en 1906.

Geneviève décède, après avoir été définitivement abandonnée par Colomban. Désespérée, sa mère se laisse mourir à son tour tandis que l'oncle Baudu part s'enfermer dans une maison de retraite. Ruiné, Robineau tente de se suicider.

Sur le quartier dévasté s'étend l'ombre triomphante du grand magasin. Octave Mouret a gagné. Il vient d'apprendre que son rêve s'est réalisé et que la recette de la journée dépasse le million de francs. Pourtant, cette nouvelle le laisse de marbre. Une seule personne peut lui rendre sa joie de vivre : il convoque Denise dans son bureau, et la demande en mariage. Pendant quelques minutes affreuses, face à ses réticences, il craint qu'elle ne refuse. Mais la jeune femme se jette dans ses bras.

L'ŒUVRE EN CONTEXTE

LES ROUGON-MACQUART

En 1868, Émile Zola se lance dans l'élaboration d'une grande fresque littéraire qui raconte l'ascension sociale d'une famille française, au fil de ses générations. Il l'appelle *Les Rougon-Macquart* et la sous-titre « Histoire naturelle et sociale d'une famille sous le Second Empire ». Ce cycle romanesque fédère en effet une série de personnages issus des deux branches d'un arbre généalogique commun : d'une part les Rougon, des commerçants qui incarnent la petite bourgeoisie provinciale ; d'autre part les Macquart, leurs parents bâtards qui se sont faits paysans ou ouvriers. Leur destin entrecroisé s'inscrit en plein cœur de l'histoire du XIXe siècle, entre le coup d'État du 2 décembre 1851 et la défaite de Sedan, en 1870.

Pour éviter une association trop évidente avec les 90 ouvrages que Honoré de Balzac (1799-1850) a publiés et réunis sous le titre générique de *La Comédie humaine*, Zola définit précisément les contours de son futur chantier littéraire dans un texte qu'il intitule « Différences entre Balzac et moi » (1869) :

> « Mon œuvre, à moi, sera tout autre chose. Le cadre en sera plus restreint. Je ne veux pas peindre la société contemporaine, mais une seule famille, en montrant le jeu de la race modifiée par les milieux [...]. Ma grande affaire est d'être purement naturaliste, purement physiologiste. [...] Je me contenterai d'être savant, de dire ce qui est en cherchant les raisons intimes. Point de conclusion d'ailleurs. Un simple exposé des faits d'une famille, en montrant le mécanisme intérieur qui la fait agir. » (BECKER (Colette), *Émile Zola. Le saut dans les étoiles*, Paris, Presses de la Sorbonne Nouvelle, 2002)

L'histoire des Rougon-Macquart s'organise sur 20 volumes et met en scène cinq générations. Certains membres de cette famille atteindront des positions sociales enviables, alors que d'autres sombreront corps et âme, victimes de leur hérédité et d'une propension à l'alcoolisme qui s'inscrit comme une tare génétique dans l'histoire de leur vie. Chacun des romans met en scène un personnage précis, l'idée de la filiation qui les relie s'inscrivant en filigrane au fil des publications. Zola a conçu l'ensemble comme une véritable étude sociologique, qui s'intéresse aux différents univers sociaux recensés : ainsi sont évoqués tour à tour les représentants du peuple, les commerçants, la bourgeoisie et la noblesse. L'écrivain y ajoute une cinquième classe sociale, dans laquelle il réunit les militaires, les prêtres et les prostituées.

Partant de ce postulat, ces 20 romans deviennent autant de portes qui s'ouvrent sur des univers précis. Zola décrit la vie des mineurs dans *Germinal*, celle des paysans dans *La Terre* (1887). Le début et la fin de l'Empire sont traités dans le premier tome, *La Fortune des Rougon*, et dans *La Débâcle* (1892). L'évolution des nouvelles formes artistiques émergentes se dessine dans *L'Œuvre* (1886) tandis que la mutation des technologies et des sciences est évoquée dans *La Bête humaine* (1890) et dans *Le Docteur Pascal*, qui clôt la série, en 1893.

Émile Zola a intégré les spéculateurs dans son inventaire social, et envisage très tôt de construire un récit sur le thème du haut commerce. C'est Octave Mouret qui en sera le protagoniste principal. Le jeune homme apparaît dans *La Conquête de Plassans* (1874), puis dans *Pot-Bouille* (1882). Lorsque Zola écrit cette dernière œuvre, il la conçoit comme le premier épisode du roman suivant. *Pot-Bouille* met en effet en scène l'éducation sentimentale et intellectuelle du jeune homme, qui se frotte aux nouveaux codes du commerce. Dans l'ouvrage qui doit lui succéder, Zola veut sortir du cadre de la simple boutique, pour mettre l'accent sur les grands magasins : le projet d'*Au Bonheur des dames* est né. Il est le onzième roman du cycle des *Rougon-Macquart*.

LES TRAVAUX HAUSSMANNIENS

En 1848, Napoléon III (1808-1873), qui vient d'être élu premier président de la République, décide d'entreprendre une vaste opération d'urbanisme afin d'améliorer les conditions de vie des Parisiens. Pour ce faire, il nomme Georges Eugène Haussmann (1809-1891) préfet de la Seine et lui assigne la mission d'assainir et d'embellir la capitale. Haussmann rase des quartiers entiers, fait abattre plus de 120 000 logements insalubres, détruit de vieux bâtiments qu'il remplace par de nouveaux édifices et crée 300 kilomètres de boulevards rectilignes.

Démolition de la Cité, l'une des phases des travaux menés par Haussmann, en 1862.

Quand Émile Zola arrive à Paris, à l'âge de 18 ans, les travaux du préfet battent leur plein. La ville est en pleine mutation. Comme bon nombre de ses contemporains, le futur écrivain a l'impression d'assister à la naissance d'un monde nouveau. Le paysage architectural qui se dessine le fascine. Par la suite, son expérience de chef de la publicité chez Hachette lui permet de comprendre les implications commerciales que génère le percement des grandes avenues.

LA NAISSANCE DES GRANDS MAGASINS

Le XIXe siècle est un siècle de mutation, au cours duquel vont s'affirmer un cortège d'innovations dans les univers conjoints de la politique, de la littérature, de l'art, de la science et de l'industrie. Le commerce, qui voit apparaître les grands magasins, n'échappe pas à la règle. Pour Émile Zola, ces vastes bazars, qui réunissent en un même lieu une grande variété de marchandises – rompant ainsi avec la tradition séculaire des petits commerçants, propriétaires de boutiques restreintes et spécialisées dans la vente d'une seule catégorie de produits – sont symboliques d'un siècle en marche qui tourne le dos au passé pour se diriger vers l'avenir. En 1852, *Au Bon Marché* ouvre ses portes sous l'impulsion d'Aristide Boucicaut (1810-1877), dont Zola s'inspirera fortement pour préciser le portrait d'Octave Mouret. Il sera suivi par *Le Louvre* (en 1855), *La Belle Jardinière* (1856) ou encore *La Samaritaine* (1869).

Ouverture du *Bon Marché* à Paris en 1852.

Ces grands magasins offrent sur des surfaces démesurées, déclinées sur plusieurs étages, une quantité impressionnante de marchandises, et notamment de textiles. La politique commerciale mise en place est totalement novatrice : les prix, désormais fixes et fortement concurrentiels, sont affichés ; les clientes peuvent toucher, essayer et même « emprunter » les produits grâce au système des retours qui permet de restituer un achat et de se faire rembourser ; des opérations promotionnelles sont mises en place à intervalles réguliers, et ce tout au long de l'année ; les vitrines et les étalages sont valorisés ; des campagnes de publicité sont organisées ; des catalogues sont publiés, etc.

Pareille révolution ne peut laisser indifférent un écrivain qui s'intéresse aux mutations de son époque. Zola décide de faire du grand magasin le « point de centre » de son roman, comme il le note dans son « Dossier préparatoire ». Il veut raconter l'histoire d'un tel établissement, depuis ses débuts jusqu'à son expansion finale, et montrer comment il impose peu à peu sa loi sur tout un quartier qu'il vide de ses commerçants, en y intégrant la peinture sociale de ceux qui subissent son pouvoir au quotidien, les clientes et les employés.

ANALYSE DES PERSONNAGES

OCTAVE MOURET

Dans la lignée des Rougon-Macquart, Octave Mouret est le fils de François Mouret et de Marthe Rougon, qu'Émile Zola a évoqués dans *La Conquête de Plassans*, et le héros de *Pot-Bouille*. C'est un jeune homme séduisant et élégant, qui a réussi son ascension sociale en se servant des femmes. Son bref mariage avec Caroline Hédouin, la fille des fondateurs du *Bonheur des dames* – elle meurt quelques mois à peine après que leur union a été célébrée –, le laisse seul héritier d'une fortune qu'il réinvestit dans son magasin. C'est un autodidacte qui a trouvé dans le commerce le support parfait pour exercer ses multiples qualités. Intelligent, énergique et audacieux, sa confiance en lui, son éloquence ainsi que ses compétences font merveille dans le monde des affaires. Seule ombre à ce portrait : son cynisme à l'égard de la population féminine, qui finira cependant par s'effacer lorsqu'il tombera sous le charme de Denise.

DENISE BAUDU

Denise Baudu est une jeune fille dotée de solides qualités morales, dissimulées derrière un physique assez peu remarquable. Maigre et maladroite, elle ne possède aucun des attributs qui définissent les jolies femmes. Sa seule beauté réside dans sa chevelure blonde, épaisse et sauvage, qu'elle ne sait pas dompter, ce qui lui vaudra le surnom de « mal peignée », qui lui infligent ses collègues. Octave Mouret est le seul à être sensible à son charme discret. Au *Bonheur des dames* et au contact de son mentor, qui deviendra son mari, elle s'affine et s'affirme. Son courage, sa gaieté, sa douceur, son intelligence aussi plaident finalement en sa faveur. Au sein du magasin, elle devient peu à peu une collaboratrice précieuse. La jeune fille timide se transforme en une femme accomplie, qui prend en main son destin sans faire de compromis. Elle saura notamment, en ne galvaudant pas sa vertu, préserver sa définition de l'amour et son idée du bonheur.

LES CLIENTES

Octave Mouret aime les femmes, sans pour autant leur témoigner beaucoup de respect. L'intérêt qu'il leur porte est toujours associé à sa volonté de les utiliser. Au sein du *Bonheur des dames*, les femmes deviennent des clientes, que le jeune homme observe et manipule. Il analyse leur comportement, décrypte leurs conversations et anticipe leurs désirs, afin d'avoir accès à leur porte-monnaie. Elles restent néanmoins sa principale source d'inspiration. Pour elles, il ne cesse d'agrandir et de réorganiser son magasin, afin de mieux les séduire. Dans la foule anonyme et féminine qui se bouscule et s'agglutine quotidiennement dans les allées, quelques visages émergent de l'anonymat :

- Mme Marty, une acheteuse compulsive, qui ruine son mari à force de dépenses inconsidérées ;
- Mme de Boves qui ne peut satisfaire ses envies et s'offrir les objets qu'elle aperçoit sur les étalages. Elle finira par voler, et par se faire surprendre ;
- Mme Bourdelais, qui utilise à son escient la politique commerciale du *Bonheur des dames* pour réaliser de bonnes affaires. Son amie, Mme Guibal met aussi à profit le système des retours mis en place par Mouret, pour emprunter des vêtements et des bibelots qu'elle restitue par la suite ;
- Mme Boutarel qui est l'archétype de la provinciale. Une ou deux fois par an, elle se rend au *Bonheur des dames* pour dépenser, en une journée, l'argent qu'elle a patiemment économisé.

LES EMPLOYÉS DU *BONHEUR DES DAMES*

Les employés du *Bonheur des dames* sont en majorité des femmes. Leur vie est difficile : mal payées, mal nourries, elles s'activent toute la journée dans leurs rayons respectifs pour satisfaire les nombreux caprices de leurs clientes. Elles peuvent être licenciées à la moindre erreur, ou sous n'importe quel prétexte, et il leur est interdit d'être enceintes. Beaucoup prennent des amants pour survivre. Au sein du magasin, elles sont moins collègues que rivales, le système d'intéressement aux ventes générant une compétition malsaine, qui s'exerce sur fond de ragots et de médisances. La seule vendeuse à être dotée de responsabilités est Aurélie Lhomme, première au rayon confection. Son mari et son fils font également partie du personnel. Clara Prunaire est l'incarnation de la femme de mauvaise vie, qui compte davantage sur ses charmes que sur ses talents commerciaux pour subsister. Elle séduit Colomban et devient aussi, de manière fugitive, la maîtresse d'Octave Mouret. Pauline Cugnot est l'unique amie de Denise. Employée au rayon voisin, celui de la lingerie, elle aide la jeune fille à affronter les difficultés de sa nouvelle vie.

À leur tête règne Bourdoncle, l'adjoint de Mouret, qui se charge des licenciements. Sa réplique favorite, « Passez à la caisse », est redoutée de l'ensemble des employés. Au contraire de son patron, il est misogyne et timoré. Bouthemont, qui se charge des achats de soieries, est aussi l'un des familiers de Mouret. Licencié, il montera un magasin concurrent, *Aux Quatre Saisons*. Une voie qu'empruntera aussi Robineau, son second au rayon des soies, mais avec nettement moins de succès. Henri Deloche est un jeune vendeur qui ne réussira pas à séduire Denise. Entre les rayons circule l'inspecteur Jouve, responsable de la surveillance, qui jouera un rôle décisif dans le renvoi de la jeune femme.

LES PETITS COMMERÇANTS

Les noms des petits commerçants sont évoqués à l'enterrement de Geneviève Baudu, comme ceux des victimes tombées dans ce combat inégal qui a opposé le petit commerce à l'expansion du *Bonheur des dames* : les Bédoré (bonneterie), Vanpouille (fourrure), Tatin (lingère), Quinette (ganterie)... Tous disparaissent, victimes du succès du grand magasin. Parmi eux figure le couple Baudu, propriétaires du *Vieil Elbeuf*, l'oncle et la tante de Denise. À la fin du roman, ils enterrent leur fille, morte de chagrin après la trahison et l'abandon de son fiancé, Colomban, qui fut aussi le commis de la boutique. L'échoppe du père Bourras, le vieux fabricant de parapluies qui sauve Denise de la misère après son renvoi, est détruite elle aussi.

LES PERSONNAGES CONNEXES

Paul de Vallagnosc est l'ancien compagnon d'études d'Octave Mouret. Il est l'antithèse parfaite de son ami. Noble désargenté et désabusé, personnage sans volonté ni ambition, il promène sur le monde un regard morne : « Toujours il concluait à l'inutilité de l'effort, à l'ennui des heures également vides, à la bêtise finale du monde. » (p. 80)

Jean Baudu est le frère aîné de Denise qui l'a suivie à Paris. Il a 16 ans au début du roman. Il apprend le métier d'ébéniste-ivoirier. Sa beauté lui vaut de nombreuses conquêtes féminines, mais aussi nombre de dettes que Denise s'efforce de rembourser. Son second frère, Pépé, est un enfant, qui n'apparaît qu'entre les lignes tout au long du récit.

ANALYSE DES THÉMATIQUES

L'APPARITION DU « HAUT COMMERCE »

L'apparition des grands magasins dans le paysage de la ville de Paris, au milieu du XIXe siècle, n'est pas un phénomène anecdotique. Leurs architectures somptueuses rivalisent avec la splendeur des monuments historiques, et les méthodes de vente totalement novatrices qui sont initiées et développées entre leurs murs modifient radicalement l'univers du commerce. Émile Zola, qui voit dans ces vastes bazars le symbole même du progrès, ne s'y est pas trompé : « Je veux dans *Au Bonheur des* dames faire le poème de l'activité moderne », note-t-il dans l'« Ébauche » du « Dossier préparatoire » de son roman.

L'écrivain se lance donc, à son tour, dans la construction virtuelle d'un grand magasin, en utilisant la documentation qu'il a rassemblée sur le sujet, et dont la majeure partie est constituée par les notes prises pendant son enquête sur le terrain. Son *Bonheur des dames*, il le construit en copiant à l'identique les vastes bazars qui ont ouvert leurs portes il y a quelques décennies déjà dans la capitale. Il le dote d'une architecture magnifique, d'une « haute porte, toute en glace, [qui] montait jusqu'à l'entresol, au milieu d'une complication d'ornements, chargés de dorures » (p. 6), et d'un agencement intérieur labyrinthique qui décuple sa grandeur, où chaque étage, du sous-sol jusqu'aux combles, est occupé.

Au fil des pages, le magasin ne cesse de s'élargir, se dote d'annexes et de galeries, jusqu'à investir la quasi-totalité du quartier qui l'entoure. Ces agrandissements successifs répondent à la politique d'achat et de vente qui est étrennée, ce système qui consiste à acheter et à exposer de grandes quantités de marchandises, dans les domaines les plus variés, afin de mieux séduire les clientes. Le magasin d'Octave Mouret devient donc un modèle du genre, un lieu emblématique du « haut commerce » (par opposition au « petit commerce »).

Les textiles, qui restent la base de l'offre commerciale, s'associent à la confection, ancêtre du prêt-à-porter ; les comptoirs de maroquinerie cohabitent avec ceux consacrés aux produits cosmétiques et aux parfums, à la lingerie et à la mercerie, à la passementerie et aux tapis, sans parler de la vaisselle, des lampes et de tout ce qui relève de la décoration intérieure. Ces produits exposés à la concupiscence des clientes sont tous d'excellente qualité et bénéficient de tarifs très avantageux. En outre, Zola emprunte à ses modèles réels les divers stratagèmes qui optimisent les ventes, les expositions thématiques, les soldes et autres opérations spéciales, l'objectif ultime restant, comme l'explique Octave Mouret à l'un de ses interlocuteurs, le souci constant de se « débarrasser très vite de la marchandise achetée pour la remplacer par d'autre » (p. 89). C'est la définition même de la puissance du nouveau modèle commercial qui est en train de s'inventer.

Illustration représentant la ferveur des clients lors du jour du blanc lancé au *Bonheur des dames*.

Le « petit commerce » souffre de la comparaison. Dans son roman, Zola accentue le contraste qui oppose le géant aux boutiques, dont il noircit le portrait à dessein. Ainsi, dans le premier chapitre, *Le Vieil Elbeuf* est décrit comme une échoppe « [...] écrasée de plafond, surmontée d'un entresol très bas, aux baies de prison, en demi-lune. Une boiserie [...] ménageait, à droite et à gauche, deux vitrines profondes, noires, poussiéreuses, où l'on distinguait vaguement des pièces d'étoffes entassées » (p. 10). Denise y éprouve « un dédain irraisonné, une répugnance instinctive pour ce trou glacial de l'ancien commerce » (p. 21) ; tandis que « de l'autre côté de la chaussée, le *Bonheur des dames* allum[e] les files profondes de ses becs de gaz », devenant un « foyer d'ardente lumière ». Le décor misérable et désuet réaffirme le caractère obsolète de ce genre de commerce qui appartient désormais à un temps révolu. Tout au long de l'ouvrage, les proportions du *Bonheur des dames* vont en s'élargissant, dans une débauche de lumière, comme si le grand magasin se nourrissait d'une énergie surnaturelle alors que, dans son ombre, les boutiques s'amenuisent avant de disparaître. À la fin du récit, l'enterrement de Geneviève devient symbolique de la mort du petit commerce : « [...] Ce pauvre corps de jeune fille était promené autour du grand magasin, comme la première victime tombée sous les balles, en temps de révolution. » (p. 431)

C'est bien le « haut commerce » qu'Émile Zola définit comme thème central de son roman, et c'est dans ce contexte qu'il choisit de développer trois autres concepts majeurs : l'amour, l'argent et les femmes.

L'AMOUR

Au Bonheur des dames est aussi un roman d'amour, celui qui naît entre Octave Mouret et Denise Baudu et qui, après maintes péripéties, est conclu par une demande en mariage. Pour construire son récit, et notamment pour donner de l'épaisseur au personnage d'Octave Mouret, on sait qu'Émile Zola s'est inspiré de la personnalité des directeurs des grands magasins parisiens, notamment Aristide Boucicaut, propriétaire du *Bon Marché*, mais aussi Romain Larivière-Renouard (1814-1873), qui veillait à cette époque à la destinée du *Coin de rue*. Or ce dernier défraie la chronique en 1846 en épousant la directrice de son rayon lingerie, Albintine Leroyer (née en 1920) qui, comme Denise, était originaire de la Normandie. Zola reprend cette anecdote, et organise à son tour la rencontre romanesque entre un patron et son employée. Il complète son tableau en parant la jeune femme de nombreuses qualités, afin que sa douceur et sa patience aient raison du cynisme et du mépris latent que Mouret manifeste à l'égard de la gent féminine, ce dernier « faisant sa fortune par les femmes, exploitant la femme [...], et à la fin [...], se trouvant lui-même conquis par une femme », comme le précise le romancier naturaliste dans l'« Ébauche » de son « Dossier préparatoire ».

L'évocation de cette histoire d'amour entre Denise Baudu et Octave Mouret est au centre du livre. Elle se développe au fil des 504 pages de l'ouvrage, et respecte parfaitement les codes du roman sentimental, tels qu'ils ont été analysés par l'universitaire américaine Janice Radway (née en 1949) dans son ouvrage *Reading the Romance* (1984). Une jeune fille pauvre, orpheline de surcroît, est attirée par un homme qui lui est supérieur sur un plan social. L'intérêt est réciproque, mais leurs différences et le comportement ambigu de l'amoureux potentiel ne favorisent guère l'évolution de la relation. L'héroïne prend ses distances avec son séducteur et reçoit sa punition (elle est renvoyée). La séparation est effective, mais les aléas de la vie permettent aux deux protagonistes de se retrouver (au jardin des Tuileries). Cette nouvelle rencontre modifie radicalement leur relation, et leur histoire peut enfin se développer, jusqu'à l'apothéose finale : l'amour triomphe, par-delà les différences de classes, Denise devenant la femme de la dernière vie d'Octave Mouret.

L'ARGENT

Le thème de l'argent est évoqué, soit directement, soit d'une manière implicite, dans la plupart des romans d'Émile Zola. Il le définit comme le moteur principal qui sous-tend les relations humaines et économiques, l'un des facteurs qui peut conditionner l'accomplissement d'un destin. Pour expliquer le contexte du roman *L'Argent*, qu'il publie en 1891, l'écrivain confie dans une lettre adressée au journaliste et critique néerlandais Jacques van Santen Kolff (1848-1896) : « Je n'attaque ni ne défends l'argent, je le montre comme une force nécessaire jusqu'à ce jour, comme une force de civilisation et de progrès. » (*Les Rougon-Macquart*, tome 6, Paris, Omnibus, 2013) Depuis *La Curée* (1872), en effet, il a modulé ses sentiments : il ne souscrit plus à une conception de la fortune comme ne souriant qu'aux personnes peu honnêtes. Il accrédite désormais l'idée qu'elle peut être le résultat d'un travail acharné, couplé à une indéniable ingéniosité. C'est autour de ce postulat, appliqué au personnage d'Octave Mouret, qu'il organise son roman *Au Bonheur des dames*.

Zola y décrit avec une minutie particulière la mécanique financière qui actionne les rouages du magasin, ainsi que les protocoles financiers, guidés par les investisseurs, qui favorisent l'expansion programmée de l'édifice. L'auteur évoque le rôle joué par les banques et analyse le montage juridique et pécuniaire qui permet l'expulsion du père Bourras de sa boutique. Au sein du grand bazar, l'argent devient un personnage central, dont la présence constante explique et justifie le déroulement de l'histoire. Ainsi, le système de la guelte, la prime d'intéressement accordée aux employés calculée sur les ventes qu'ils réalisent, conditionne les rapports des vendeurs et favorise leur rivalité ainsi que leur inimitié. Zola fait d'ailleurs la démonstration, à plusieurs reprises, que dans ce système dominé par la rentabilité, il existe une relation qui divise les forts et les faibles, ces derniers étant impitoyablement écrasés. C'est, en quelque sorte, l'application de la loi de Darwin (naturaliste britannique, 1809-1882) au commerce, un concept évolutionniste qui intéresse l'écrivain naturaliste. Les vendeurs inefficaces sont renvoyés, les petits commerces éliminés. De la même manière, l'évocation régulière de la remise quotidienne de la recette, qui est déposée chaque soir en espèces, sous forme de pièces et de billets, sur le bureau d'Octave Mouret, donne à l'argent un rôle central. Il est présent lors de l'apothéose finale, lorsque le montant mythique du million de francs est atteint, et même dépassé. L'argent devient alors le symbole tangible de la victoire du grand commerce.

L'ÉVOLUTION DE LA FEMME

Un thème sous-jacent qui transparaît en continu dans *Au Bonheur des dames* est le statut de la femme, en cette seconde moitié du XIXe siècle. Le roman met en scène une armée de vendeuses, de femmes qui exercent une profession et qui s'opposent dans le récit à une clientèle de petites ou de grandes bourgeoises inactives, voire parfaitement oisives.

Quand Émile Zola se lance dans l'élaboration des *Rougon-Macquart*, il fixe sur le papier les thématiques de ses futurs récits. Il souhaite explorer la plupart des univers sociaux recensés et envisage de publier un roman sur les prêtres, un autre sur les militaires, un sur l'art, un sur le monde ouvrier, et un, note-t-il dans son « Dossier préparatoire » générique, « sur la femme d'intrigue dans le commerce ». En 1878, il rédige un article qu'il titre « Types de femmes en France », paru dans *Le Messager de l'Europe*, dans lequel il avoue son admiration pour les femmes qui travaillent, qu'elles soient marchandes « intelligentes et actives » ou bourgeoises investies dans la gestion d'une entreprise. Le sujet semble lui tenir à cœur puisque, trois ans plus tard, il publie, dans *Le Figaro* cette fois, un papier intitulé « Femmes honnêtes », dans lequel il vante les mérites de certaines épouses : « Je les ai vues actives et sensées à l'égal de leur mari, de vraies héroïnes, des combattantes dans la simple vie de tous les jours. »

Le sort des vendeuses, tel qu'il est explicité dans le roman, est pourtant loin d'être enviable. Émile Zola ne cède pas aux sirènes d'un optimisme forcené et s'emploie, au fil des pages, à raconter le destin commun de ces femmes qui quittent leur province et leur famille pour gagner Paris, dans le but de trouver un emploi. Embauchées dans les grands magasins, elles travaillent plus d'une dizaine d'heures par jour, en échange d'un salaire aléatoire qui ne leur permet pas de vivre correctement. Beaucoup prennent un amant pour assurer leur sécurité financière. C'est la proposition que fait Pauline à son amie Denise, lorsque cette dernière lui fait part de ses soucis : « Écoutez, il est impossible que vous teniez le coup davantage [...]. Moi, à votre place, je prendrais quelqu'un » (p. 154) ; et la lingère de poursuivre : « C'est forcé, ma chère, et si naturel ! Nous avons toutes passé par là. » (p. 155)

Pourtant, et malgré cette peinture d'un réalisme morose, Zola dessine aussi en filigrane le portrait d'un nouveau profil social, celui des femmes qui prennent leur vie en main. Évadées volontaires du cercle familial, libérées du joug paternel, elles vivent seules et s'emploient à gagner leur indépendance financière. Elles échappent ainsi au destin qui leur était assigné, celui d'épouser un homme choisi par leur père et de rester confinées dans une existence strictement domestique. C'est d'ailleurs l'avenir que l'oncle Baudu avait imaginé pour sa fille. Geneviève, résignée volontaire à épouser Colomban, sur le choix de son père, mourra parce que ce mariage n'aura pu se faire. Son décès prend, là encore, valeur de symbole, puisque, avec la jeune femme, c'est aussi un mode de vie qui disparaît.

Aux côtés d'Octave Mouret, Denise est l'autre personnage central du *Bonheur des dames*. Zola a pris plaisir, semble-t-il, à dresser le portrait d'une jeune femme courageuse, intelligente et solide qui survit à toutes les vicissitudes et qui traverse toutes les tempêtes, tout en apprenant son métier. Son ascension est celle des autodidactes. L'amour qui naît entre Octave et elle se nourrit aussi de leur passion commune pour leur métier. D'ailleurs, l'intérêt du jeune homme à son égard s'affirme après leur promenade dans le jardin des Tuileries, où elle l'étonne par la pertinence de ses réflexions sur le commerce, et le ravit par son adhésion à la cause des grands magasins. Au fil du récit, le lecteur assiste à la transformation de la jeune fille en femme. Le *Bonheur des dames* fait office de pygmalion, et c'est finalement grâce à son intelligence et à ses compétences que Denise finit par conquérir Mouret. Ce faisant, elle préfigure la femme moderne, l'égale de l'homme, qui s'accomplira au siècle suivant.

UN ROMAN OPTIMISTE

> « [...] Changement complet de philosophie : plus de pessimisme d'abord, ne pas conclure à la bêtise et à la mélancolie de la vie [...]. Ensuite, comme conséquence, montrer la joie de l'action et le plaisir de l'existence ; il y a certainement des gens heureux de vivre, dont les jouissances ne ratent pas et qui se gorgent de bonheur et de succès : ce sont ces gens-là que je veux peindre, pour avoir l'autre face de la vérité, et pour être ainsi complet [...]. » (*Au Bonheur des dames*, « Ébauche » au « Dossier préparatoire »)

1880 est une année noire pour Émile Zola qui perd deux de ses amis, les écrivains Edmond Duranty (1833-1880) et Gustave Flaubert (1821-1880), puis sa mère. Profondément affecté par ces décès successifs, il plonge dans un abattement moral profond. En outre, il en a assez de subir depuis des années le désamour des journalistes, qui accueillent avec des critiques acerbes la parution de ses romans. Il est la cible de nombreux pamphlets, le héros involontaire d'une série de caricatures. Zola veut rompre avec son univers littéraire plutôt morose : il a envie d'écrire un récit joyeux. Il franchit le pas en publiant *Pot-Bouille*, qu'il définit lui-même, dans une lettre envoyée au critique littéraire Henry Céard (1851-1924), comme un ouvrage « férocement gai » (cité dans *Véronique Cnockaert commente* Au

Bonheur des dames *d'Émile Zola*, Paris, Gallimard, p. 21). Mais l'écrivain ne s'arrête pas en si bon chemin : il a conçu ce livre comme l'antichambre d'un second ouvrage, qu'il souhaite écrire dans la même veine optimiste, en conservant le même personnage central. L'année suivante, sort la suite des aventures d'Octave Mouret dans *Au Bonheur des dames*.

Pour rédiger ce roman, Zola ne trempe pas sa plume « dans l'ordure », comme les critiques le lui ont si souvent reproché. Malgré les aléas inévitables qui ponctuent le récit et la vie du jeune héros, *Au Bonheur des dames* est une histoire heureuse, qui célèbre la vie, se range du côté du progrès, vante le modernisme et l'évolution d'un univers à part entière, dévoué au commerce. Mieux encore, la fin, parfaite, glorifie l'expansion d'un grand magasin dans le Paris du Second Empire et voit le triomphe d'un amour partagé.

STYLE ET ÉCRITURE

UNE ŒUVRE DOCUMENTÉE

Émile Zola, qui forge sa plume à l'école des naturalistes, s'affirme comme un écrivain méthodique. Dans une lettre qu'il adresse à son ami Jules Héricourt (1850-1938), datée du 27 juin 1890, il définit ainsi sa méthode de travail :

> « Ma façon de procéder est toujours celle-ci : d'abord je me renseigne par moi-même, par ce que j'ai vu et entendu ; ensuite, je me renseigne par les documents écrits, les livres sur la matière, les notes que me donnent mes amis ; et enfin l'imagination, l'intuition plutôt, fait le reste. » (BECKER (Colette), *Émile Zola. Le saut dans les étoiles*, p. 90)

Pour chacun de ses romans, Zola constitue un gros « Dossier préparatoire » dans lequel il entasse une documentation abondante, constituée d'articles de presse, de notes de lecture et des rapports des enquêtes qu'il a menées sur le terrain. Il y range aussi les pages sur lesquelles il griffonne les contours de sa future narration. Chaque dossier se subdivise en trois parties : l'« Ébauche », les « Personnages » et les « Plans ». Les portraits des personnages se dessinent sur des fiches individuelles, sur lesquelles l'auteur organise non seulement la trame psychologique de leur caractère, mais aussi l'évolution de leur personnalité au fil du récit. Enfin, il rédige un plan d'ensemble, où l'action est anticipée, puis divisée en chapitres.

Pour la rédaction d'*Au Bonheur des dames*, il ne procède pas autrement. Dans le « Dossier préparatoire » du roman, qui est conservé à la Bibliothèque nationale de France, dix pages sont ainsi consacrées à l'élaboration du personnage d'Octave Mouret, dont sept proviennent de ses recherches pour *Pot-Bouille*. Après l'enquête minutieuse qu'il mène dans les grands magasins parisiens, il dresse un premier plan détaillé et construit le scénario de son récit en 14 chapitres, qu'il prévoit de longueur à peu près identique. À ce stade apparaissent les trois temps forts du roman, qu'il répartit à égale distance, pour conforter le rythme de son récit : les nouveautés d'hiver s'installent au chapitre IV, les nouveautés d'été se découvrent au chapitre IX et l'exposition de blanc constitue le point culminant et final de l'ouvrage, au chapitre XIV.

Au total, 380 feuilles composent le « Dossier préparatoire » du *Bonheur des dames*. Parmi elles, on compte différents articles de presse, comme celui paru dans *Le Figaro* sur « Les grands bazars » (23 mars 1881) et le papier titré « Le calicot » publié par Jean Richepin dans *Gil Blas* (16 janvier 1882). Émile Zola a aussi lu *La Maison du chat-qui-pelote* (qui lui servira pour la description du *Vieil Elbeuf*) et *Grandeur et décadence de César Birotteau* d'Honoré de Balzac, ainsi que l'étude réalisée par Charles Fourier (théoricien socialiste français, 1772-1837) intitulée *Le nouveau monde industriel et sociétaire* (1829). Ces lectures préalables lui fourniront une première vision de ce qu'il s'apprête à découvrir en enquêtant sur le terrain.

UN TRAVAIL D'ETHNOGRAPHE

Émile Zola a complété son dossier documentaire en menant un véritable travail d'ethnographe. Il a choisi un quartier précis de Paris pour servir de cadre à son récit, le 2e arrondissement, autour de la place Gaillon. Il s'y rend, effectue des repérages, trace le plan des rues et prend des notes sur le comportement des passants et les habitudes des résidents. Il dresse la liste des petits commerces présents dans cet environnement, et observe leur façade. Il en fera les boutiques qui seront victimes de l'essor progressif du grand magasin, notamment celles des Baudu et du père Bourras.

Aux mois de février et de mars 1882, il visite les grands magasins parisiens, notamment *Le Louvre* et le *Bon Marché*. Sur place, et avec la complicité des directeurs, il observe et prend des notes sur tout : l'organisation et la mise en valeur des marchandises, l'agencement et la décoration des rayons, la vie des employés, les caractéristiques de leurs activités respectives, leurs manières de se comporter avec les clients, les mécanismes des ventes, etc. Mlle Dulit, employée au *Saint-Joseph*, le renseignera sur les difficultés quotidiennes rencontrées par les vendeuses dans l'exercice de leur métier, et sur leur rivalité. Frantz Jourdain (1847-1935), futur architecte de la *Samaritaine*, lui fournit le plan théorique d'un grand magasin. Zola l'utilise pour décrire la physionomie de son *Bonheur des dames* :

> « L'architecte, par hasard intelligent, un jeune homme amoureux des temps modernes, ne s'était servi de la pierre que pour les sous-sols et les piles d'angle, puis avait monté toute l'ossature en fer, des colonnes supportant des poutres et des solives. Les voûtins des planchers, les cloisons des distributions intérieures, étaient en briques. Partout, on avait gagné de l'espace, l'air et la lumière entraient librement, le public circulait à l'aise, sous le jet hardi des fermes à longue portée. C'était la cathédrale du commerce moderne, solide et légère, faite pour un peuple de clientes. » (p. 275)

Tout lui fait profit : il épluche les livres de comptabilité, note les prix des marchandises et mémorise même les descriptifs des menus qui sont proposés aux employés dans les réfectoires. Il s'intéresse également au système de la guelte, le pourcentage remis aux vendeurs et calculé sur chaque vente, qu'Aristide Boucicaut a mis en place dans son magasin. Il s'en resservira dans son roman, laissant l'initiative de l'invention à Octave Mouret. Zola s'enferme ensuite pendant huit mois dans sa maison de Médan pour y écrire son roman. La rédaction d'*Au Bonheur des dames* débute le dimanche 28 mai 1882 et s'achève le jeudi 25 janvier 1883

LA STRUCTURE DU ROMAN

Le grand souci d'Émile Zola est d'utiliser l'ensemble de sa documentation rassemblée de manière subtile, en distillant les informations sur l'ensemble de la narration. Pour ce faire, il utilise les personnages, qu'il a construits dans ce but, en imaginant à chaque fois des lieux ou des situations appropriés. Ce faisant, il respecte bien évidemment les diktats du roman naturaliste, tels qu'il les définit dans *Le Roman expérimental* (1880) :

> « L'observateur chez lui donne les faits tels qu'il les a observés, pose le point de départ, établit le terrain solide sur lequel vont marcher les personnages et se développer les phénomènes. Puis, l'expérimentateur paraît et institue l'expérience, je veux dire fait mouvoir les personnages dans une histoire particulière, pour y montrer que la succession des faits y sera telle que l'exige le déterminisme des phénomènes mis à l'étude. »

Sur un plan strictement ethnographique, *Au Bonheur des dames* montre, notamment à travers les regards des deux protagonistes principaux, Octave Mouret et Denise Baudu – complétés par les récits ponctuels de l'oncle Baudu, qui constitue la mémoire orale des boutiquiers – le caractère constitutif des règles commerciales inhérentes au haut commerce, l'écrivain intervenant pour poser un postulat subjectif, qu'il soumet en hypothèse étayée, le triomphe du grand magasin qui anéantit ses concurrents. Quatorze chapitres mènent ainsi progressivement le lecteur d'un départ nuancé jusqu'à une arrivée triomphale, où le *Bonheur des dames* éclate de vigueur et de santé, régnant désormais en maître incontesté sur tout un quartier.

La construction du roman commence donc par une étude du milieu où se déroule le récit. L'univers du grand magasin est décrit de manière précise, depuis son organisation (présentée à travers l'inspection générale d'Octave Mouret au chapitre II) jusqu'aux conditions de travail et de vie des employés (les réfectoires et les repas qui y sont servis sont évoqués dans les chapitres VI et X), en passant par les grandes ventes et les soldes. Il ne reste au lecteur qu'à observer le comportement des différents interlocuteurs, plongés dans cet univers et confrontés à ses règles. Parallèlement, l'auteur met en regard l'asservissement imposé par l'expansion du *Bonheur des dames* aux acteurs extérieurs, et la ruine annoncée des petits commerçants. En 1864, lorsque s'ouvre le récit, le *Bonheur des dames* compte 19 rayons et emploie 403 salariés (p. 43). En 1869, c'est un ogre qui a dévoré tout le quartier, a ouvert une extension, possède 50 rayons, emploie 3 045 personnes et a dépassé le record du million de francs en recette sur une seule journée. Baudu, qui emploie trois commis en 1864, n'a plus que Colomban, quatre ans plus tard. Dans les chapitres I, VIII et XIII, Denise rend visite à son oncle et à sa tante, et constate la décrépitude progressive de la boutique. À la fin du récit, Mouret flamboie dans l'incendie immaculé qu'il a allumé, tandis que le petit commerce s'éteint, comme la flamme d'une bougie qui n'a plus de combustible à brûler.

L'ART DE LA DESCRIPTION

Coller à une réalité, être et « faire vrai » est l'objectif du roman naturaliste. Pour ce faire, la description joue un rôle primordial. Le rythme d'*Au Bonheur des dames* est soutenu par de longs paragraphes descriptifs, qui interviennent régulièrement pour étayer le récit. Leur force réside dans la précision du vocabulaire utilisé. Il s'agit, pour l'auteur, de rendre compte des différents paramètres, lieux et objets qui forment la trame de la narration. L'espace, la multitude des marchandises assemblées, la foule qui se presse quotidiennement dans les allées du magasin sont autant de facteurs qui participent à l'action et recomposent l'ambiance. Le grand bazar est soumis à un mouvement perpétuel, que confirme l'emploi répété des mots « marche » et « course » dans le récit, celles effrénées des acheteuses, celles épuisées des vendeurs. Tout doit être évoqué, raconté, raccordé à une émotion ou à une sensation : la multiplicité des couleurs sollicite la vue ; la douceur des étoffes appelle le toucher ; la consonance des noms mobilise l'ouïe. Zola joue avec l'euphonie, la combinaison harmonieuse des mots dans les phrases qui se succèdent afin d'embarquer le lecteur dans son univers romanesque. Il n'hésite pas, à plusieurs occasions, à jouer avec des répétitions volontaires : c'est le cas du mot « tapis » qu'il martèle à quinze reprises dans le même paragraphe, relatif à l'exposition des tapis d'Orient (p. 105). Il met aussi à profit les éléments qu'il a glanés durant son enquête : « Cela partait de haut, des pièces de lainage et de draperie, mérinos, cheviottes, molletons, tombaient de l'entresol comme des drapeaux [...]. Denise vit une tartanelle à quarante-cinq centimes, des bandes de vison d'Amérique à un franc, et des mitaines à cinq sous. » (p. 7)

LES MÉTAPHORES

C'est dans le dispositif métaphorique que se lit aussi la volonté de l'écrivain de tout dire, de tout montrer, de tout raconter. Les nombreuses images qu'il utilise tout au long du récit pour dépeindre le *Bonheur des dames* servent son engagement littéraire. Tour à tour, le magasin est présenté comme une « ruche », une « cathédrale », une « chapelle », une « usine », une « gare » ou un « phare ». Il s'attache même à développer certaines de ces métaphores sur de longs paragraphes, afin de mieux les expliciter, et accentuer l'effet recherché. C'est le cas de la comparaison faite entre le grand bazar et une « machine » :

> « Alors, Denise eut la sensation d'une machine, fonctionnant à haute pression, et dont le branle aurait gagné jusqu'aux étalages [...]. Il y avait là le ronflement continu de la machine à l'œuvre, un enfournement de clientes, entassées devant les rayons, étourdies sous les marchandises, puis jetées à la caisse. Et cela réglé, organisé avec une rigueur mécanique, tout un peuple de femmes passant dans la force et la logique des engrenages. » (p. 20-21)

Cette analogie entre le grand magasin et la machine se répète à intervalles récurrents tout au long du roman. Elle est associée à une représentation positive ou négative, selon qu'elle est présentée comme le symbole du mécanisme énergique qui fait fonctionner et évoluer la structure, ou comme le facteur qui porte en lui les germes d'une mort annoncée pour ceux qui ne participent pas à sa mécanique : « [...] Mais le colosse gardait son indifférence de machine lancée à toute vapeur, inconsciente des morts qu'elle peut faire en chemin. » (p. 429)

La machine n'est pas la seule métaphore qu'Émile Zola décline au fil des pages. Il compare aussi le *Bonheur des dames* à un ogre anthropophage : « N'était-ce pas une création étonnante ? Elle bouleversait le marché, elle transformait Paris, car elle était faite de la chair et du sang de la femme. » (p. 91) Le grand magasin devient ce monstre dont l'oncle Baudu avait eu l'intuition, qui « dévore » tout un quartier. Le parallèle n'est pas sans évoquer la légende du Minotaure. Le bazar semble aussi abriter en son sein, dans les coulisses de ses allées labyrinthiques, une entité mythique dont la présence se manifeste par « un ronflement d'ogre repu, digérant les toiles et les draps, les soies et les dentelles, dont on le gavait depuis le matin » (p. 139). Plus avant dans le roman, Zola convoque aussi l'image de la cathédrale pour illustrer et fédérer les caractéristiques évidentes du bâtiment, son architecture imposante, sa capacité à rassembler les foules et les rituels commerciaux qu'il protège. En jouant avec des images connues, l'écrivain illustre les idées qu'il souhaite faire passer, et qui servent la cause de son postulat. La fin du roman explose dans une dernière métaphore, virginale et immaculée, où la grande exposition de blanc sert à la fois de décor à la gloire déclarée du grand magasin et de théâtre aux amours désormais heureuses de Denise et d'Octave Mouret.

LA RÉCEPTION D'*AU BONHEUR DES DAMES*

L'ACCUEIL DES CRITIQUES, DES AMIS ET DES LECTEURS

La première édition d'*Au Bonheur des dames* sort en librairie entre le 17 décembre 1882 et le 1er mars 1883. Selon une habitude qui lui est chère, Émile Zola en a préalablement publié un extrait dans *Panurge*, un journal de l'époque. Le quotidien *Gil Blas* relaie l'information et la sortie imminente de l'ouvrage dans son édition du 16 décembre 1882, sous la forme d'un long article décalé, consacré à la figure féminine dans l'œuvre de l'écrivain.

Annonce de la parution du roman *Au Bonheur des dames* dans le quotidien *Gil Blas*, en 1882.

Au Bonheur des dames ne fut pas, au départ, un succès littéraire : il fallut plus de sept ans pour écouler les 60 000 exemplaires imprimés. Toutefois, l'œuvre n'est pas critiquée par les journalistes comme ce fut le cas pour les autres ouvrages de l'auteur depuis la parution de *Thérèse Raquin* en 1867. Au contraire, tous célèbrent la nature quasi documentaire de l'ouvrage, la précision des descriptions et le caractère moral du récit, étayé par une fin heureuse. Le critique et écrivain Joris-Karl Huysmans (1848-1907) se confond en compliments dans une longue lettre qu'il adresse à l'auteur :

> « J'ai bien reçu, hier soir, mon cher Zola, le *Bonheur des dames*. J'ai été pris et n'ai lâché le livre qu'une fois arrivé à la dernière page. [...] Après une première et rapide lecture, ce qui poigne, c'est la force des reins qu'il faut avoir pour bâtir un pareil édifice – et j'ajouterai, la puissance incomparable de clarté que vous possédez, pour expliquer de façon aussi nette, aussi visible, les rouages d'un tel colosse. »

L'écrivain naturaliste Louis Marie Desprez (1861-1885) nuance cependant ce concert de louanges, dans une longue missive datée du 4 mars 1883 :

> « [...] Deux choses m'inquiètent : le caractère de Denise et la boutique de Baudu. On vous a reproché, non sans raison parfois, de donner trop de relief aux laideurs ; je trouve aujourd'hui votre Denise trop idéale, trop lumineuse, je voudrais qu'elle eût, comme toute créature humaine, quelques ombres. [...] Quant au *Vieil Elbeuf*, je le trouve trop 1820, trop moisi, trop vieillot. »

Cette moralité exacerbée, ce parti pris de conclure le récit par une fin digne d'un roman à l'eau de rose, explique peut-être le succès relatif d'*Au Bonheur des dames*, les lecteurs de Zola ne retrouvant pas entre ses pages la peinture sociale rédigée au vitriol et la crudité des descriptions zoliennes qu'ils ont découvertes et appris à aimer depuis la publication de *L'Assommoir* (1877) et de *Nana* (1880). Il faudra attendre quelques décennies pour que l'ouvrage devienne un classique pour des générations de lycéens.

LES ADAPTATIONS DU ROMAN AU THÉÂTRE ET AU CINÉMA

Au Bonheur des dames est adapté au théâtre, près de 15 ans après sa parution, par l'auteur dramatique Raoul de Saint-Arroman (1849-1915). La première a lieu le 4 juin 1896 au Théâtre du gymnase, à Paris. Georges Noblet (Georges Garonne de son vrai nom, 1854-1932) y joue le rôle d'Octave Mouret, et l'actrice Marie Leconte (1874-1947) celui de Denise Baudu. Sollicité par un journaliste pour donner son avis sur la pièce, Émile Zola module son impression plutôt négative (il n'est pas convaincu que théâtre et œuvre romanesque fassent bon ménage) en soulignant que « les auteurs ont, je crois, tiré tout le parti possible de mon roman » (*Gil Blas*, 6 juin 1896).

Au XXe siècle, le onzième tome des *Rougon-Macquart* connaît plusieurs adaptations au cinéma. C'est d'abord le réalisateur Julien Duvivier (1896-1967) qui se prend au jeu, en 1929. Il confie les deux rôles principaux à Dita Parlo (1908-1971) et à Pierre de Guingand (1885-1964). Ce long-métrage est considéré comme la première adaptation connue du roman de Zola au cinéma, bien qu'un court-métrage tourné par Alfred Machin (1877-1929) et intitulé *Au Ravissement des dames* ait déjà été projeté quelques années plus tôt, en 1913. Outre-Rhin, le cinéaste Lupu Pick (1886-1931) réalise à son tour, en 1923, *Das Paradies der Damen*, dont la notoriété n'a pas franchi les frontières de l'Allemagne.

En 1943, en pleine Occupation, André Cayatte (1909-1989) tourne sa version personnelle du *Bonheur des dames*. Son film réunit les plus grands acteurs de l'époque. Le réalisateur confie le rôle de

Denise à Blanchette Brunoy (1915-2005) et celui d'Octave à Albert Préjean (1894-1979), tandis que Michel Simon (1895-1975) devient l'oncle Baudu. Le long-métrage séduit le public par la véracité de ses décors, la beauté des costumes et la qualité de la bande musicale qui accompagne le récit.

Il est intéressant de noter que le roman d'Émile Zola suscite aujourd'hui encore l'intérêt des réalisateurs, et notamment des documentaristes. Récemment, les sociétés de production Arte France, Telfrance et Essential Viewing ont fédéré leurs énergies et leurs capitaux pour produire un documentaire de 1 heure et 25 minutes. Sorti le 29 octobre 2011 et diffusé sur deux chaînes de la télévision publique, Arte et Public Sénat, *Au Bonheur des dames – L'invention du grand magasin* raconte l'histoire d'Aristide Boucicaut, qui « inventa » *Le Bon Marché* en 1852. Surnommé « l'homme que nous enviait l'Amérique », Boucicaut est celui qui a révolutionné l'art de la vente, en imaginant une série de stratégies commerciales afin d'attirer les clientes (soldes, expositions thématiques des marchandises, cadeaux, buffets gratuits, ouverture de salons de lecture pour faire patienter les maris, primes d'intéressements accordés aux vendeurs, installation de toilettes pour le public, etc.). Ce film, tourné comme une narration, est enrichi par des interventions d'historiens et de sociologues, et s'inscrit dans la lignée des docu-fictions. Il a été réalisé par Christine Le Goff et Sally Aitken, sur une idée originale de l'historienne Sylvia Sagona.

Votre avis nous intéresse !

Laissez un commentaire sur le site de votre librairie en ligne et partagez vos coups de cœur sur les réseaux sociaux !

BIBLIOGRAPHIE

SOURCES BIBLIOGRAPHIQUES

- « Au Bonheur des dames », in *Bibliothèque nationale de France*, 2005. http://expositions.bnf.fr/zola/bonheur/
- Becker (Colette), Gourdin-Servenière (Gina) et Lavielle (Véronique), *Dictionnaire d'Émile Zola*, Paris, Robert Laffont, coll. « Bouquins », 1993.
- Bedel (Jean), *Zola assassiné*, Paris, Flammarion, 2002.
- Bernard (Marc), *Zola*, Paris, Seuil, coll. « Points », 1988.
- Carles (Patricia) et Desgranges (Béatrice), *Le naturalisme*, Paris, Nathan, coll. « Balises genres et mouvements », 2001.
- Cnockaert (Véronique), *Véronique Cnockaert commente* Au Bonheur des dames *d'Émile Zola*, Paris, Gallimard, coll. « Foliothèque », 2007.
- Cocteau (Jean), *Présence de Zola*, Paris, Fasquelle, 1953.
- Lamy (Pascal), « Villa "Larivière-Renouard" ou château de Mathan », in *Patrimoine de Luc*, n° 28, hiver 2013. http://www.luc-sur-mer.fr/publication_patrimoines_lutins.html
- Miquel (Pierre), *L'affaire Dreyfus*, Paris, PUF, coll. « Que sais-je ? », 2003.
- Mitterrand (Henri), *Zola journaliste. De l'affaire Manet à l'affaire Dreyfus*, Paris, Armand Colin, 1962.
- Mitterrand (Henri), *Zola et le naturalisme*, Paris, PUF, coll. « Que sais-je ? », 1986.
- Mitterrand (Henri), *Émile Zola. Carnets d'enquêtes. Ethnographie inédite de la France*, Paris, France Loisirs, coll. « Terre Humaine », 1987.
- Noiray (Jacques), « Un lyrisme prophétique, Zola. L'autre visage », in *Magazine littéraire*, n° 413, octobre 2002.

- Troyat (Henri), *Zola*, Paris, Flammarion, coll. « Grandes biographies », 1992.
- Zola (Émile), *Au Bonheur des dames*, Paris, Le livre de Poche, 1968.
- Zola (Émile), *Correspondance*, éditée sous la direction de Bard H. Bakker, Montréal-Paris, Presses de l'Université de Montréal-Éditions du CNRS, 1978.
- Zola (Émile), *Le Roman expérimental*, Paris, Flammarion, 2006.

SOURCES ICONOGRAPHIQUES

- Portrait d'Émile Zola par Nadar. La photo reproduite est réputée libre de droits.
- La lettre d'Émile Zola publiée dans *L'Aurore*. La photo reproduite est réputée libre de droits.
- Le père Bourras devant son magasin, illustration issue des œuvres complètes de Zola publiées chez Fasquelle en 1906. La photo reproduite est réputée libre de droits.
- Démolition de la Cité, l'une des phases des travaux menés par Haussmann, en 1862. La photo reproduite est réputée libre de droits.
- Ouverture du *Bon Marché* à Paris en 1852. La photo reproduite est réputée libre de droits.
- Illustration représentant la ferveur des clients lors du jour du blanc lancé *Au Bonheur des dames*. La photo reproduite est réputée libre de droits.
- Annonce de la parution du roman *Au Bonheur des dames* dans le quotidien *Gil Blas*, en 1882. La photo reproduite est réputée libre de droits.

ADAPTATIONS

- *Au Bonheur des dames*, pièce de théâtre adaptée par Raoul de Saint-Arroman, avec Marie Leconte et Georges Noblet, Paris, Théâtre du Gymnase, 1896.

- *Au Ravissement des dames*, court-métrage d'Alfred Machin, France-Belgique, 1913.
- *Das Paradies der Damen*, film de Lupu Pick, Allemagne, 1923.
- *Au Bonheur des dames*, film de Julien Duvivier avec Dita Parlo et Pierre de Guinguand, France, 1929.
- *Au Bonheur des dames*, film d'André Cayatte avec Blanchette Brunoy et Albert Préjean, France, 1943.
- *Au Bonheur des dames – L'invention du grand magasin*, documentaire-fiction de Christine Le Goff et Sally Aitken, avec Grégoire Bonnet, France, 2011.

www.profil-litteraire.fr

Éditeur responsable : Lemaitre Publishing
Avenue de la Couronne 382 | B-1050 Bruxelles
info@lemaitre-editions.com

ISBN ebook : 978-2-8062-7586-8
ISBN papier : 978-2-8062-7587-5
Dépôt légal : D/2016/12603/35